句集

地平

大牧広

角川書店

句集・地平

目次

装丁●ベター・デイズ
装画●大久保裕文

句集 地平

野焼の火

平成二十六年

つくづくとふるさと持たぬ三が日
松の内まどろむためにペン握り

松過ぎてはや偏屈のもどりけり

塩鮭に熱い飯へと七日なり

熱燗すこしときどきの鬱のため

焼芋屋おやとしよりでなかりけり

蓋廻す力まだあり海に雪

雪霏々と北満で師は戦死せり

寄鍋や具材の産をうたがひて
大根は失礼なほど逞しく

母は父を恐れてゐたり寒椿

外套の重さは余命告ぐる重さ

にんげんのかくも傲りて吊鮟鱇

買つてきし葱をつめたい場所に置く

お迎へが来るまで書くぞ雪しんしん

けふ馬鹿に疲れて大きめのマスク

冬の町ローマ法王のごと歩く

車椅子車椅子病院の冬混みて

鳩居堂へと股引の足急ぐ

革ジャンパー咎のごとくに重かりき

防諜の本出てきたり一月尽

豆撒くをなまじ気付きし深夜なり

春へ春へ列車は本気出しにけり

結婚記念日二月の空のうすく照り

野焼の火世界不安を告げてをり

浅春の試食コーナーは海の匂ひ

生死てふすこし面倒午まつり

ポケットの鍵ひえびえと梅二輪

全身で犬は伸びせり建国日

極道と句道と似たるはるがすみ

中東難民春雪のただ激し

一の午二の午町のさびれゆく

ふらここに昭和の軋みありにけり

江戸まざまざと春雪の桜田門

春の雪犬が普請を見てゐたり

梅林の紙皿カレーおや旨い

吾入れて老人三人梅仰ぐ

黄梅やこの世微醺で終りたく

人のごと終りちかづく野焼の火

三月が来るたび焼夷弾想ふ

恋猫に不整脈などなかりけり

海永遠に汚染されゐて梅ひらく

鳥雲に防空壕跡くろぐろと
病院のなぜ聳えたるつちふる中

空襲忌街はそ知らぬビルばかり

納税期空へ大きく伸びをせり

初蝶のきつと我が儘かもしれぬ

考へて猫うづくまる昭魂祭

この齢で義憤ありけり桜漬

春野菜土の香りとセシウムと

はこべらや母が飲みゐし実母散

別れ霜終刊号のまたもかな

「港」三百号記念号発行

海見ゆる春の峠へ登りたし

壊れずに暮せる幸や蜆汁

昔ほど目の澄みてゐず新社員

悼　菅原けいさん

あの日から春の大雪ばかりです

老化とは浄化にも似て蜆汁
何をもつて春のサラダなどと言ふ

呆として男佇ちをり花の果て
たくさんの薬持たされ三鬼の忌

増税の春や羊となりし民

春帽子木挽町にてとばされし

はこべらや厨は母の泣きし場所

わが嘘を医師は見抜いてゐし暮春

春障子開けたての音遠き音

いまさらに節酒考へ蜆汁

車中にて深眠りせし花の果て

葉桜やベンチに非正規らしきひと

春服を叩けば埃沢山出づ

麦秋や来世は悪筆直したき

労働祭菓子ぼろぼろとこぼしつつ
永遠に白髪にならぬ武者人形

麦秋や半老人の人ばかり

死期近き姉の声なり麦の秋

田植寒銀座はことにうそ寒い

枯れた句は詠むまい青田見ゆるから

ちちははの出自を知らず青しぐれ

暑気払ひテレビは収賄事件映し

別荘地ただよふ干鱈焼く匂ひ

老鶯や田園都市線深く来て

黒揚羽せかせか政治まのあたり

むしろ民へ挑みし政治田水熱し

夕顔や吾の怒りをかへりみて

反戦や夏日ただしく落ちてゆく

重篤の人の手紙や蚊遣香

夕蟬や室生犀星住みし町

夏逝くを運河の波が告げてゐし

髭剃らぬ一日の果て遠花火

めつきりと老いて西瓜の食べ終る

こほろぎを特急通過駅にて聞きし

パンさへも焦してしまふ敗戦日

白露の人居る方へころがりぬ

かのホテル「只今満室」夕蜩
きらめきてころがりて人の世の露よ

夏から秋杖を忘るること再三

秋蟬におどろいてゐる風の中

川口眞理句集『双眸』上梓

秋のきて山裾までも澄みてゐし

まつすぐな風となりゆく西郷忌

新涼の漢方カレーうたがひし

働き抜きし母の匂ひや秋袷

敬老の日の原っぱに鉄条網

打てばひびく県境なり秋桜

庄子紅子『静電気』上梓

みちのくの友を思ひし茸飯
文紡ぐ指こはばりて雁のこゑ

枯れてゐてやさしくなりし廢鉱山

老斑のたのしく増えて味噌雑炊

木枯や昔日劇ありし街

『古澤太穗全集』刊行レセプション

焼酎に熱湯そそぎ夜の木枯

木枯や目の怒りゐし東京人

年の瀬の一筆箋の減ることよ

ひとびとにやはり師走の来てしまふ

こつごもり戦後さながらガード下

十二月てふ終の月かけうどん

安売りへ列ながながと日本の冬

着ぶくれて余生いよいよあからさま

冬木道狙撃兵など思ふ齢

ほつくりといふ語焼芋より生まれ

雲詠むと心やすらぐ実千両

あきらめと希望と冬の珈琲館
赤狩りがはじまる予感北風吹いて

東京・夏

平成二十七年

許せない人の波なり去年今年

卓上暦みごとに一枚去年今年

漆黒の夜は変はらねど去年今年

太眉の人居てこその御万歳

初詣急勾配の坂また坂
太箸を覚悟のやうに持ちにけり

夕方は飾海老とてさびしかろ

初夢の波の寄せくるまで覚え

犬猫は明日を思はず初霞

初市のはや錆びてゐし男ごゑ

水餅や世間はすでにきな臭し

数の子と義歯と微妙なる関係

ここにきて命惜しみて小豆粥

初句会たたかふ俳句欲しかりき

選句添削せかされてゐし切山椒

ファックスに斎場の地図成人日

冬帽子すでに伏目をしたりけり

会合のたびに人減る冬銀河

マフラーや昔特攻崩れてふありし

へらへらと鮃泳ぎしまつりごと

冬木立貝になりたい人ばかり

一月やひとりひとりが日を纏ひ

梟や戦中の夜のよみがへる
ひるがへること忘れるな寒雀

つんのめりて股引を穿く齢なり

冬夕焼希望の赤と思ひたく

冷えきりて戦中の味煮大根

酸素器を提げし人の背雪ちらつく

残るをぶれてはならず根深汁

寒い渋谷の低体温の少女達

平成も昭和も冬は長かりし

煮大根あたためてゐし妻老いし

仁丹と褞袍と男達の昭和

夕刊が来てをり寒の明けてをり

玉子かけご飯の至福一の午

貧困家庭の画面や春寒つのりくる

春や幻ゲートル姿の吾が立つ

春岬B29の越えし岬

原稿の由々しく遅れ梅ひらく

るいるいと老が集ひて午祭

白椿ぱたりと落ちて午後長し

草萌えて千年先もセシウム禍

樹木医になりたき来世はるがすみ

種芋とされたる芋のやはりかな

テロ恐し蜆汁冷えきりて

地下鉄の階段政治のごと春寒

錐落ちてわが足を刺す涅槃の日

空襲忌さざなみのごと脈乱れ

口汚すもの食べてゐし空襲忌

春雪情報雪積もらぬを口惜しげに

干鰈なぜか正座をして食べし
ひえびえと木の芽吹きをり義理人情

第四回与謝蕪村賞を受く

丘あれば眺めてみたき春の海

苗木市苗木を励まして通る

かざぐるま結論のごと廻り出す

鳥帰る人間世界蔑みて

手に職のなくて業俳百千鳥

こなごなに破る記事あり桜冷え

仲寒蟬文化省芸術選奨新人賞受く

つばくらめ白い胸毛のゆたかなり

花種を買ひし種屋の明るすぎる

『正眼』第三十回詩歌文学館賞受賞

青麦やうつむき癖を直さねば

春嵐格差社会のせゐならむ

住んでゐて他郷の思ひ芽立ちどき

髭剃つてなにやら塗つて花の果て

花の果てスリッパにさへつまづきて

立夏なり猫の見てゐし景色見て

新茶汲む妻との刻は現世のとき

海抜の二メートルなる朴けなげ

部屋ぬちの空気入れ替へ柏餅

こざつぱりと髪刈つてこそ聖五月

憲法記念日軍艦を海に置き

臍の緒は空襲で焼け桐の花

豆飯や八十路の修羅は人に言へず

篠 弘先生

みちのく五月親しく齢を訊かれけり

青田見てきてペン握るペン進む

立飲みの靴靴靴や東京・夏

夏帽子宇野重吉のごと被り
ほうたるやいくさ知る人減りてゆく

沖縄忌焼肉店に列ながなが
鷺草や男に欲しきこざつぱり

ひとの名を激しく忘れ祭くる

峡谷は鮎を釣る谷青い空

角田爽丘子『吾妻峡』上梓

原つぱは草むしてをり沖縄忌

瞼とは押さへるところ田植寒

戦前の老樹が梅雨を深くせり
山瀬吹く政治に心失せをれば

難解句であればよいのか蜘蛛に聞く

吾を糺すひとりやふたり夕立過ぐ

かのひとの器や金魚鉢の金魚

ホテル界隈出でてき人へ祭笛

生きてゐて膏薬を替ふ芒種なり

ガム一枚拾ひし敗戦後の夏よ

牧水の歌くちずさみ日の盛り

水貝や朦朧体の句は詠めず

箱庭に向井潤吉風の家
この夏は正論絶やしてはならず

特攻の叔父の夢見し暁けの蟬

少子化の証し捕虫網売れず

孫待つらしき爺の手に捕虫網

同齢の人らしハンカチ目を拭ひ

シャワー強目老人臭を防ぐため
逝く夏の厠で思ひつくこと再三

はるかなり進駐軍といわしぐも

さりげなく山暮れてゐし風の盆

秋風となれば世間は悔ばかり
衣被やさしくやさしく塩振つて

語り部のせめての紅や原爆忌

敗戦忌三橋敏雄詫びて逝く

世の中は盆休みらしペン離さず
長生きがよいか悪いか盆供養

仏壇に何か倒れて盆終る

秋団扇大きく勁いものと知る

鯖雲やせめては反核署名せし

秋風や自分を責める文紡ぎ

糸瓜てふもの何年も見てをらず

ステッキの手より離れて倒れて秋

この世まだ懲りずにをりて蓑虫は

秋風や惣菜買はむと杖寝かす

わが脳がこんなに疲れちんちろりん

世の中を正しく怒れ捨案山子

爺すでにいくさ知らぬ世稲雀

敗けし年の秋の長雨忘れまじ

句会用の鞄の底の秋扇

同齢の人の遺句集編みゐし秋

山よりの風と秋蝶睦じく

大花野やはり張られし鉄条網

まん中に砲台跡や大花野

秋や山脈金子兜太を峯として

老後とは言葉減りゆく蜩よ

蜩の鳴き出す横長廃校舎

叔父のやうな木に会ひにけり地蔵盆

秋嶺を大きく詠めと思ふのみ

秋天や母も晩年声嗄れて

新涼やいよよ右脳を働かす

桐一葉としよりが国案じをり

せめて眼を閉ぢよ雨中の捨案山子

鏡花の忌無人踏切恐しく

子規の忌の野菜カレーに芋ごろごろ

雁渡し斎場が建つ医院の跡

木や草に香りもどりて秋彼岸

破蓮の破れかぶれのすこしわかる

「沖」創刊四十五年

師の夢を見し十月の海の宿

この秋のふつうの人のデモ豊か

栗剝くや蝕ばまれてゐし作句力

菊花展見終るまでは人に会はず

古酒や一日書かねば世捨人

新蕎麦や遠き山脈近くして

牧閉しけりこの世と別るるごと

書斎にてデモを讃へしいわしぐも
高齢者いぢめさながら鮭を打つ

おどろくほど風のつめたき花野なり

おとつひが遠くなりゐて秋祭

金秋や師と珈琲を飲みたる日

頻尿の落ちついてゐしいわしぐも

夜学生今こそ声を挙げ給へ

十月の磧は石と風ばかり

としよりのおほかた狡し柿の村

うすうすと退く人わかる霧の道

冷まじや空母に笑みし日本人

いわしぐも特攻隊員仰ぎし雲

糸ながながと蓑虫の敗北感

凩や石積むやうに薬噛む

凩や喉に小骨の刺さりゐて

父の全部知らざり凩窓を打つ

木枯を賜はりバスを切に待つ

冬襯衣に替へてまつすぐ老境へ

幾台も幾台も消防車神の留守

ベランダにやさしく冬の来てゐたり

着ぶくれて汗かいてをり八十路が変

一強のまつりごとにて菊枯れし

枯芒たとへばしものやまひかな

戦勝日本知らぬ生涯石蕗咲いて

牡蠣フライ銀座に路地のあればこそ

冬霧や東京が吐く深吐息

挑戦者と呼ばれ舌焼く干菜汁

飛蚊症つのるは神の留守のせゐ

茶の咲いてゐて名園と廃園と

ペン持つてまどろみをりし膝毛布

ふくよかに遠くそよぎし冬芒

懸命に咲いてゐるんだ石蕗の花

開戦日その日教室たかぶりて

老人に皮膚のごとくに開戦日

漱石忌田端駅には日が当り

つくづくと嘘の銀座の聖夜なり

年の瀬の不忍池はさびしすぎる

忘れたき一日ありし日記終ふ

除夜の鐘ともあれどうもありがたう

太箸

平成二十八年

去年今年口の辺りに餡つけて
太箸を八十五回使ひたる

どの顔もめでたく老いて初句会

伊勢海老のゆかしく曲り八十路なり

あの日から七十年経ちちやんちやんこ

原発のしろじろ冬日さへ拒み

コンビニのおでん砂漠の味したり

わが咳の失政に似てたてつづけ

このわたや語尾に本音をにじませて
平成の欠食児童日本の冬

愚かなるわたしを守る膝毛布

煮大根どう食べようと煮大根

風邪声を武器のごとくに一女流

太陽の沈みたがりて風邪兆す

東京は外資にまみれ底冷えす
ちちははの言葉のやうに雪しんしん

やがて雪されど俳句は地平持つ

手帳まで曲りて一月逝きにけり

着ぶくれて人も自分も許さざり

如月や季語いつせいに立ち上り

いとほしき雛が居る筈かの巣箱

「波」四十五周年

春怒濤きつぱりと白見せにけり

真実を新聞は避け二月冷ゆ

花種を苛むごとく蒔かざりし

茎立ちやこの世格差のありすぎる

これはむしろ老人のもの雛あられ

「カチューシャ」を歌ひて逝きし母の春

春一日穴熊のごと過しをり

かざぐるま書斎に置いてより動かず

働かぬ日の大切や桃の花

小魚の骨おそろしき蝶の昼

花筵そのつめたさをひろげたり

としよりのはるか高みに巣箱あり

春深くペン走らせる吾が居り

第十七回山本健吉賞受賞

無学なれどもきつぱりと花仰ぐ

句集　地平　畢

あとがき

わが才をかえりみず九冊目の句集となった。九冊目であるから、すこしは冷静に取りくめると思っていたが、やはり小人は小人、何回も句を入れかえる仕儀となった。

持って生れた性格で、社会と俳句に目配りの忙しい日々であったが、その忙しさが作句のエネルギーになったことを知った。

八十五歳のとしよりのエネルギーの結果を読んでくだされば、こんなにありがたいことはない。

終りに『俳句』編集部の方々、石井隆司様にお世話をいただき、感謝の他ありません。厚くお礼を述べます。

平成二十八年五月

大牧　広

著者略歴

大牧　広

おおまき・ひろし

昭和六年東京生れ　昭和四十七年「沖」新人賞

昭和五十八年「沖」賞受賞　平成元年「港」創刊主宰

平成十七年「俳句界」特別賞受賞　平成二十一年第六十四回現代俳句協会賞受賞　平成二十七年第三十回詩歌文学館賞受賞　第四回与謝蕪村賞受賞　第三回俳句四季特別賞受賞　平成二十八年山本健吉賞受賞

句集『父寂び』『某日』『午後』『昭和一桁』『風の突堤』『冬の驛』『大森海岸』『正眼』

評論集『能村登四郎の世界』『いのちうれしき』他

現代俳句協会会員　国際俳句交流協会会員

日本ペンクラブ会員　日本文藝家協会会員

句集　地平　ちへい

2016（平成28）年6月25日　初版発行

著　者　大牧　広
発行者　宍戸健司
発　行　一般財団法人　角川文化振興財団
〒102-0071　東京都千代田区富士見1-12-15
電話 03-5215-7819
http://www.kadokawa-zaidan.or.jp/
発　売　株式会社 KADOKAWA
〒 102-8177　東京都千代田区富士見2-12-3
電話 0570-002-301（カスタマーサポート・ナビダイヤル）
受付時間 9:00〜17:00（土日 祝日 年末年始を除く）
http://www.kadokawa.co.jp/
印刷所　旭印刷株式会社
製本所　牧製本印刷株式会社

角川俳句叢書　日本の俳人100

青柳志解樹
朝妻　力
有馬朗人
安西　篤
伊丹三樹彦
伊藤敬子
伊東　肇
井上弘美
猪俣千代子
茨木和生
今井千鶴子
今瀬剛一
岩岡中正
大石悦子
大牧　広
大峯あきら
大山雅由
小笠原和男
奥名春江
落合水尾
小原啄葉
恩田侑布子
柿本多映
加古宗也
柏原眠雨
加藤憲曠
加藤耕子
加藤瑠璃子
金箱戈止夫
金久美智子
神尾久美子
九鬼あきゑ
黒田杏子
阪本謙二
佐藤麻績
塩野谷　仁
小路紫峡
鈴木しげを
高橋将夫

田島　和生
辻　恵美子
坪内　稔典
出口　善子
手塚　美佐
寺井　谷子
中嶋　秀子
鳴戸　奈菜
名和未知男
西村　和子
能村　研三
橋本　榮治
橋本美代子

藤木　倶子
藤本安騎生
藤本美和子
文挾夫佐恵
古田　紀一
星野　恒彦
星野麥丘人
松尾　隆信
松村　昌弘
黛　　執
岬　　雪夫
宮田　正和
武藤　紀子

本宮　哲郎
森田　　峠
山尾　玉藻
山崎　　聰
山崎ひさを
柚木　紀子
依田　明倫
若井　新一
渡辺　純枝
ほか

（五十音順・太字は既刊）